MURMURES
POÉTIQUES

PAR

GUY DE MONTMOREAU

PARIS

IMPRIMERIE PARISIENNE, L. EDMONDS & FRÈRES

5, IMPASSE BONNE-NOUVELLE, 5

—

1875

MURMURES POÉTIQUES

MURMURES POÉTIQUES

PAR

GUY DE MONTMOREAU

PARIS

IMPRIMERIE PARISIENNE, L. EDMONDS & FRÈRES

5, IMPASSE BONNE-NOUVELLE, 5

1875

Au Lecteur

Ami lecteur, je te propose
Ce petit livre, tout petit,
Comme un mets que sur table on pose,
Afin de mettre en appétit.
C'est, sans doute, fort peu de chose ;
Mais qu'il te montre, le lisant,
Quelque souvenir séduisant
De ta jeunesse rose ; .
Qu'il te rappelle un tendre ami,
Quelque paysage béni,
Où ton cœur se repose,
Et que tu dises : « Comme lui,
« J'aimais, j'aime encore aujourd'hui ; » .
C'est tout ce que je me propose.

Invocation

Descends du ciel, aimable Poésie,
Viens dans mon cœur faire éclore tes chants
Anime-les de ta douce harmonie,
Et rends-les purs de tous pensers méchants :
   Viens, dans mon âme,
   Régner sans freins,
   Porte ta flamme
   A mes refrains ;
   La nuit est sombre,
   En ces bas lieux ;
   Viens chasser l'ombre,
   Rayon des cieux !

Partout j'entends les cris de la détresse ;
Des maux affreux tourmentent les humains ;
Mais sur tes pas, ô charmante Déesse,
Les baumes purs découlent de tes mains :

Viens et m'inspires
Tes belles lois ;
Quand tu soupires,
O douce voix,
Comme à l'enfance
Un rêve d'or
Et d'espérance
Me luit encor.

Donne tendresse aux accords de ma lyre,
Donne à ma voix mélodieux accents,
Souffle un air pur sur le feu qui m'inspire,
Et donne force à mes soupirs naissants :
Que la lumière
De tes beaux yeux,
Sur ma prière,
Tombe des cieux ;
Mon allégresse
Ne finira,
Mon cœur, sans cesse,
Te bénira.

Ce que J'aime

J'aime la nuit sereine
Et son calme de reine
Et ses globes de feu,
Et la voix solennelle
Qui vole sur son aile
Jusqu'au trône de Dieu.

J'aime cette voix douce
Qui glisse sur la mousse,
Près des zéphirs légers,
Et, dans son doux langage,
Nous apporte, volage,
Des soupirs messagers.

J'aime le vert bocage,
Où j'entends le ramage
Des rossignols charmants,
Et les branches du chêne,
Où le vent se déchaîne
En longs mugissements.

J'aime le doux murmure
Qui fuit de l'onde pure
Sur le tranquille bord,
La bise qui s'élance
Et, dans son nid, balance
Le tendre oiseau qui dort.

Là, mon cœur libre rêve
Et mon âme s'élève,
Le reste est oublié,
Voix, concerts, harmonie,
Solitude bénie,
A vous mon amitié !

A Propos de la Mort d'un Grand de ce Monde

Croyant voir auprès d'elle un signe tutélaire,
    Aurore d'un beau jour,
Le cœur plein d'espérance, hier, sur cette terre,
    J'ai fixé mon séjour ;

Et j'ai vu le vaisseau, s'avançant vers la rive,
    Qu'il allait aborder,
Saisi par un courant, s'enfuir à la dérive
    Et bientôt s'enfoncer ;

Et j'ai vu le grand arbre ombrageant cette plage,
    Qu'il semblait protéger,
Assailli par la foudre, au milieu de l'orage,
    Soudain se partager !

Sous les coups destructeurs de cette destinée,
    Quand le chêne est tombé,
Hélas ! faible roseau, rejeton d'une année,
    Pourrai-je être sauvé ?

Chantez, petits Oiseaux

Chantez, petits oiseaux, dans le·bois solitaire,
    Aimables hôtes de la terre,
    Chantez la joie et les amours;
    Aussi pure que la rosée
    Dont votre plume est arrosée
    Votre voix me plaira toujours.

Chantez, que, loin de vous, la foule qui s'agite,
    Avec fureur, se précipite
    Au gouffre entr'ouvert sous ses pas;
    Qu'elle chante, ou s'irrite et crie,
    Ici votre voix douce prie;
    Les maux ne vous connaissent pas.

Chantez, petits oiseaux, que votre doux murmure
    Charme et repose la nature,
    Comme au sein d'un songe léger;
    A vos chants que l'homme s'abaisse
    Et que son orgueil reconnaisse
    Celui qui vous fait voltiger.

Chantez, que votre chant pénètre les mansardes,
Où, courbés sur de tristes hardes,
Gémissent les pauvres sans pain ;
Que vos douces voix les consolent
Et que, comme vous, ils s'envolent
Des bras de la hideuse Faim.

Chantez, petits oiseaux, que l'hymne solennelle
Jusques à la voûte éternelle
Monte et que le sein du Seigneur,
Charmé de vos douces louanges,
Nous porte, sur l'aile des anges,
Le pur amour et le bonheur !

Oiseaux, si, comme à vous, la prodigue nature
Me faisait don d'une voix pure,
Je voudrais charmer les mortels,
Leur enseigner la bonne voie,
Y monter près d'eux avec joie
Jusques aux séjours éternels.

ILLUSIONS

J'étais jeune et cent voix chatouillaient mon oreille,
Toutes charmaient mon cœur par leurs chants captieux
    Et, comme une âme qui sommeille
    Eprise d'un rêve amoureux,
  Alors, ami, je me croyais heureux.

J'écoutais et bientôt la Richesse me prie :
Compagnon de l'honneur, enfant, viens dans mes bras !
L'amour et l'amitié, délices de la vie,
    Auprès de moi voleront sur tes pas.
    Et de mon âme qui sommeille
    Croyant aux songes amoureux
  Dans l'avenir je me voyais heureux ;

Et l'Honneur me disait : que ta voix me commande
Où se portent tes vœux et quel est ton désir ?
Et le gentil Amour sourit à ma demande :
    Ami, dit-il, oui, je veux te servir,

Oui, que ton cœur plus ne sommeille ;
Suis moi, viens, nous vivrons tous deux ;
Et pour longtemps je me croyais heureux.

Mais une main cruelle a chassé l'Espérance
Qui, dans des bras si doux, berçait mon pauvre cœur ;
Tout plaisir s'est enfui de ma triste présence,
Mon œil ne voit qu'images de douleur
Et mon âme plus ne sommeille,
Pour moi plus de rêve amoureux,
Mon avenir n'est plus que malheureux !

Campagnes Chéries.

Campagnes chéries,
Coteaux et vallons,
Charmantes prairies ;
Loin des aquilons,
Au matin de l'âge,
Là, sous votre ombrage,
Je courais joyeux.

En votre présence
L'aimable Espérance
Brillait à mes yeux ;
De l'amitié tendre
Les plus doux accents
Se faisaient entendre
A mes jeunes sens.
A votre verdure
La fleur belle et pure
Mêlait sa couleur ;
Jamais la Douleur

Ne projetait l'ombre
De son aile sombre
Sur votre bonheur !

. . . .

. . . .

Loin de vous, l'ivresse
A fui loin de moi
Et de la tristesse
J'ai subi la loi.
Souvenirs d'enfance
Vous, pendant l'absence,
Etiez mes soutiens,
A vous je reviens.

. . . .

. . . .

Ici tout m'enchante,
Soit qu'au fond du bois
L'aimable oiseau chante
De sa douce voix ;
Soit que la verdure
Laisse un doux murmure
S'échapper de l'eau
Du joli ruisseau ;

Soit que la bergère,
Dont la voix m'est chère,
Redise aux échos
L'auteur de ses maux ;
Soit que le zéphire
Dans ton air soupire
Et courbe, en fuyant,
Le roseau pliant ;
Que la folle chèvre
Se plaise à mâcher
L'herbe que sa lèvre,
Au bord du rocher,
Est venu chercher.

. . . .

J'aime ton aurore,
J'aime ton grand jour,
Le soir qui te dore
Et ta nuit d'amour !

Les Deux Anges.

(Traduit de l'allemand de Krummacher).

Chargés d'une mission sainte
Par le Maître de l'Univers,
Enfants l'un à l'autre bien chers,
Les bras entrelacés dans une aimable étreinte,
L'ange du doux Sommeil et l'ange de la Mort,
Sans crainte et sans remord,
Ensemble parcouraient la terre.

. . . .

C'était l'heure ou la mère
Appelle ses enfants au dernier pain du jour ;
Alors, plein d'un penser d'amour,
Sur une charmante colline,
Agréable voisine
D'humaines habitations,
Pliant leurs ailes fatiguées,
Les anges reposaient dans leurs méditations.

. . . .

Il régnait alentour un triste et doux silence,
Et la cloche du soir, au doux son argentin,
      Même, taisait sa présence
      Au village lointain,
    Comme aux bruyantes villes.

. . . .

    Réfléchis et tranquilles,
    Comme il est naturel
    Aux envoyés du ciel,
     Les deux Génies,
Bienfaiteurs de l'humanité,
   Sur les herbes rafraîchies,
Restaient l'un par l'autre embrassé.

. . . .

Mais aux clartés de la journée
      Qui fuyaient
   Les ombres de la soirée
   Bien vite succédaient ;
Ainsi la nuit commençait-elle
   D'étendre au loin son aile.

. . . .

. . . .

   L ange du doux Sommeil
Se lève alors du ilt vermeil

Que lui forme une mousse épaisse,
Et dans les airs sa main laisse
Couler à flots
Les bienfaisants pavots.

. . . .

. . . .

Le souffle du zéphire
Qui soupire
Le soir
S'envient les recevoir,
Et vite il les apporte
A la porte
Du laboureur,
S'avance, avec douceur,
Dans la chaumière,
Ferme chaque paupière
- Et sort
Quand tout y dort.

. . . .

. . . .

Alors, dans la campagne,
Du vieillard, qui cherche un appui,
A l'enfant au berceau, qui veut auprès de lui
Sa mère fidèle compagne,

. . . .

Dans les hameaux,
Tout goûte le repos.

. . . .

. . . .

Dans cette douce ivresse,
Le malade aussitôt oubliait sa douleur,
Le triste sa tristesse ;
La Faim
N'aigrissait plus le malheureux sans pain ;
Toute paupière était fermée.

. . . .

. . . .

Sa belle tâche terminée,
L'ange de nouveau revenait
Auprès du frère qu'il aimait,
Et, d'une voix harmonieuse :

— Oh ! si la gerbe lumineuse,
Qui porte aux hommes le matin,
Apparaissait soudain,
Dit-il, en souriant, à l'autre ange son frère,
Oh ! comme les humains alors sur cette terre
Me diraient leur ami, leur plus grand bienfaiteur !
Oh ! qu'il est de bonheur

A répandre les biens, sans dévoiler sa vie !
Ministres d'un si bon Génie
Que nous sommes heureux !
Que notre tâche est belle !

. . . .

Et, ce disant, il souriait,
Et l'ange de la Mort, mélancolique et sombre,
Dans l'ombre,
Le regardait.
Bientôt même une larme divine,
Comme une perle fine,
De son œil noir tombait,
Et sa voix triste répondait :

— Hélas ! oh ! comme toi, compagnon de ma vie,
Par des remercîments,
Que ne vois-je ici-bas ma tâche aussi suivie !
On m'appelle cruel, ingrats sont les accents,
Pour moi, sur cette terre ;
Je trouble, disent-ils, leurs fêtes et leurs jeux,
Les humains malheureux !

— . . . . O mon frère !
Reprend, avec amour, l'ange du doux Sommeil,
Oh ! mais au grand réveil,

Quand il connaît ta belle tâche,
A toi comme il s'attache,
En t'appelant ami,
Le juste qui se voit béni !
Par lui, plein de reconnaissance,
A jamais tu seras chanté !

. . . .

A toi lié dès mon enfance,
A tes pas toujours attaché,
Ne suis-je pas ton frère ?
N'avons-nous pas le même père ?

. . . .

. . . .

Ainsi l'ange ami parlait-il,
Et son langage aussi doux que subtil,
Du cœur de son ami chasse loin la tristesse
Et le remplit d'ivresse,
De bonheur.

. . . . . .

. . . . . .

A ces mots de douceur
L'ange attristé reprend courage,
Un éclair de plaisir brille sur son visage ;

. . . .

Redevenu joyeux,
Encore avec amour il embrasse son frère ;
D'un nouveau matin la lumière
Se répand sur la terre,
Et tous deux
Volent vers d'autres lieux.

A STELLO.

Stello, dans la verte campagne,
Où se plaisent tes deux beaux yeux,
Le bonheur là-bas accompagne
Tes pas folâtres et joyeux.
De ta pureté le symbole,
Le lys étale sa corolle,
Qu'il penche vers toi le matin ;
Tu respires son doux arôme
Et t'enfuis vite sous le dôme
Des bois que parfume le thym.

Le papillon, que tu réveilles,
Étale à tes yeux ses couleurs
Près des bourdonnantes abeilles,
Qui butinent de fleurs en fleurs ;

Le brun rossignol, sur la branche,
Termine son chant, qu'il épanche
En doux accords autour de toi ;
Du fond des bois, le vent se lève
Et vient te bercer d'un beau rêve ;
Enfant, elle est douce ta loi.

Pendant que la simple Nature
Verse ses parfums dans ton cœur,
Écoute son charmant murmure,
Son hymne est l'hymne du bonheur !
Dans le monde tout fuit et passe,
Le temps aujourd'hui nous embrasse
Et nous rejettera demain ;
La vie est une ombre fuyante,
C'est une illusion bruyante,
C'est l'onde qui fuit dans la main !

Jouis de tes jeunes années,
Suis près d'elles tes goûts joyeux,
N'attends pas que les fleurs fanées
Tombent mourantes à tes yeux ;
Va ! l'amitié t'ouvre sa voie.
Ses clairs rayons, sa douce joie,

Sous un ciel tout pur et serein ;
Quand la nuit du malheur nous presse,
Elle a lumière et douce ivresse,
Pour nos maux baume souverain.

Sous le toit de la belle Enfance
Reste le plus que tu pourras ;
Près d'elle, sa sœur, Espérance,
Viendra te bercer dans ses bras ;
En vain le jour sera plus sombre,
En vain l'éclair brûlera l'ombre,
Sur un horizon effrayant ;
Pour toi le jour sera sans voiles,
La nuit toute pleine d'étoiles,
L'horizon pur et souriant.

Le Cauchemar.

Un cri s'est fait entendre et, comme le feuillage,
Jusqu'en ses fondements, l'Univers a tremblé ;
La mer épouvantée hurle sur son rivage,
Et, surpris dans les airs, on a vu le nuage
Tomber en flots de sang sur le sol accablé ;
Le sol s'est entrouvert ; du fond de l'affreux gouffre,
Au milieu des feux noirs et des vapeurs de soufre,
Sortent de hideux cris et des ricanements,
Que poussent les damnés tordus dans les tourments ;
Une faux flamboyante au loin partout décime
Les bois et les forêts ; et sur la haute cîme,
Qui domine en géant les plus superbes monts,
On voit se réunir des groupes de démons ;
Leur grand corps est rougi, leur main tient une lance,
Qui brandit au lointain, avec de longs éclairs ;
Là, chacun à son tour dans le gouffre s'élance
Et remonte emportant un damné dans les airs ;
Mais de leur affreux roi les ordres hideux percent,
Aussitôt dans les champs partout ils se dispersent,
A mesure qu'ils vont leurs feux se sonts éteints,
Et tous ont revêtu des visages humains.

UNE SOIRÉE DE SOMBRE TRISTESSE.

UNE MATINÉE DE DOUCE JOIE.

D'un arbre frappé par l'orage
Du malheur
Je naquis faible rejeton, et mon jeune âge
Du bonheur
A peine au loin vit une image.
... Le sort
A fondu sur ma tête, à ma naissance ;
J'appelais le plaisir, de moi sans connaissance,
Il fuyait, et mon cœur errait dans un silence
De mort !

. . . . .

. . . .

Et cependant parfois quelque charme sublime
Vient briller à mes yeux
Et, doucement bercé dans d'agréables vœux,
D'un feu divin mon cœur s'anime.

Alors il croit qu'aux cieux
Ses soupirs montent mieux.

. . . .

Sous ces rayons de l'espérance
Mon âme veut s'épanouir,
Et l'image de la souffrance
Semble vouloir s'évanouir ;
Mais, peut-être, au jour qui s'avance,
Devrai-je enfin me réjouir ?
Peut-être, dans une autre voie,
Quand du monde bientôt je verrai la beauté,
Peut-être, alors, l'aimable Joie
Sourira-t-elle à mon cœur enchanté ?
Alors combien je goûterais la vie,
Que de douceurs,
Quelle harmonie
J'y trouverais, loin de ce lieu de pleurs !

Le jeune oiseau qui, sur la branche,
Vers l'objet de son amour
Se penche
Et, tour à tour,
Fait résonner la colline
Voisine

De ses gazouillements joyeux,
Ne serait pas plus heureux !

. . . .

Mais, soudain, mon âme arrête,
En croirai-je mes sens ?
Jentends une voix qui répète
De lugubres accents ! :

En vain tu vibreras pour l'honneur et la gloire
En vain tes vœux poursuivront le plaisir,
Du siècle en vain tu cherches la mémoire,
Ton destin n'est pas là, cœur tu seras martyr !

Cœur tu sera martyr et ta triste pensée,
Comme la frêle fleur au soleil desséchée,
D'un feu brûlant chaque jour consumée,
Malheureuse bientôt, dans ces désirs mortels,
Puisera désespoir et remords éternels !...

Va ! Va ! prodigue ailleurs l'amour que seul mérite,
Le Dieu maitre de ton néant !
Mais son bras est levé, son bras qui précipite,
L'impî dans le gouffre béant !!

. . . .

. . . .

Quelle est cette voix ... d'où vient-elle ?
Pourquoi frapper mon cœur par des accents de mort ?
Funeste voix, va-t-en !... Viens, Espérance belle !
　　　Avec toi l'avenir promet plus heureux sort.

. . . .

Déjà le jour a fui,... près de moi viens et veille
　　　Sur mon cœur encore une fois
　　　　Et que ta douce voix,
　　Par un chant joyeux, me réveille :

. . . .

　　　Devant elle chassant la nuit
　　　　Le souffle de l'Aurore ;
　　　　Balance dans son nid,
　　　　L'oiseau qui dort encore,
　　　　L'ombre dans le lointain,
　　　　Quitte la montagne ;
　　　　Un bruit léger soudain,
　　　　Anime la campagne ;
La cloche avec doux sons, dans un hymne d'amour,
A réveillé l'oiseau,... l'oiseau, par son ramage,
　　　　Annonce le retour
　　　　　Du jour
　　　A l'habitant du village,...

. . . .

. . . .

Voltigez dans les airs,
Nuages de la matinée,
  Oiseaux, de vos concerts,
Faites retentir la vallée,
  Et vous, fleur azurée,
  Embaumez le soupir
  De l'aimable zéphyr.

. . . .

. . . .

L'horizon, coloré d'une blanche auréole
  Répand au loin de brillants feux,
  La fleur est plus belle à mes yeux,
    Et l'oiseau s'envole,
    Plus léger vers les cieux.

. . . .

. . . .

Je vous croyais passées,
    Sans retour,
  Agréables pensées
De bonheur et d'amour

Mais non ! vous revenez !... ah ! revenez bien vite !
Pénétrez mon cœur doucement !
Que, devant vous, prenne la fuite
Tout objet attristant !

. . . .

. . . .

Coulez, mes jours, coulez, désormais sans mélange,
Comme un riant ruisseau sur un tapis de fleurs,
Que jamais votre cours ne change,
Laissez derrière vous les pleurs !!

La Lutte.

Pourquoi ces vains désirs, cette vague démence,
Et ce soupir déçu qui toujours recommence,
Pourquoi ne puis-je voir ce que j'ai tant cherché ?
Quel spectre de l'Enfer sur mon âme a marché ?
Dans le cœur des cités, en vain ma voix appelle
Le bonheur de la vie, et la cité rebelle
Me jette un bruit confus et des ricanements ;
L'aiguillon des sifflets attise mes tourments.
Je laisse la cité, je fuis dans la campagne,
Je cours dans le vallon, je descends la montagne,
J'appelle de la voix, j'appelle avec mon cœur
Et je n'entends partout qu'un sifflement moqueur !
Que ferai-je ici bas, et pourquoi cette flamme
Qui consume à la fois et mon cœur et mon âme ?
Pourquoi ces vains transports, pourquoi ces tristes vœux,
Branchages desséchés qu'absorbent mille feux ?
Jusqu'aux voûtes du Ciel j'ai porté ma pensée,
Et tout m'a répondu ta voix est insensée,

Tu n'es pas de ce monde et tous tes soupirs vains
Ne sont qu'un jeu de plus au sifflets des humains.
Va, ne t'attriste pas, l'Univers t'en convie,
Mais sache mieux goûter les plaisirs de la vie,
Regarde, sous tes yeux, aux rayons des étés,
S'épanouir les fronts de ces jeunes beautés,
Suis le doux frôlement que font leurs robes blanches,
Presse, presse ton pas et sur leurs seins te penches,
Qu'il sorte de ton cœur des mots brûlants d'amour
Et, sous tes yeux, bientôt, fleurira le beau jour.
Alors, tu chanteras, loin des voix soucieuses,
Et le tendre baiser sur les bouches rieuses
Et les rayons dorés et les fleurs du printemps
Et de deux amoureux les deux cœurs palpitants.
Aux accords enflammés de la tendre romance,
Tu verras, près de toi, sourire l'Espérance,
Elle s'avancera sous tes yeux, et ses bras
De tes embrassements ne se lasseront pas

Prends Garde !

L'homme, sur cette terre, au gré des passions,
Roule ses prompts désirs et ses ambitions ;
Dès qu'un rayon lointain à ses yeux vient de luire,
Il dit: c'est là mon astre, il saura me conduire ;
Et, plein d'un vain espoir, sur un léger esquif,
Il monte, sans songer qu'à fleur d'eau le récif,
Du haut des grands sommets de ses rêves sublimes,
Peut le plonger soudain au fond des noirs abîmes ;

Il s'élance et bientôt, sur les flots agités,
Il voit fuir les printemps et passer les étés ;
Au gré des vents trompeurs il laisse aller sa barque
Et, sans voir les malheurs que son destin lui marque,
Croyant que pour aller un faible éclair suffit,
Au tourbillon des mers il lance un vain défi.

Va ! marche, homme mortel, marche dans la tempête !
Insulte au feu du Ciel qui menace ta tête !

Va !... mêle au bruit des flots les chants de tes plaisirs !
Va ! va ! sans modérer tes coupables désirs !
Va ! suis dans le courant une flotte insensée !
Mêle dans ses vains cris les chants de ta pensée !
Va !... ne t'arrête pas !... mais prends garde !... la nuit,
Une nuit sombre, affreuse est là qui te poursuit !

Elle n'a pas de vent qui fasse enfler la voile
Et sur son front d'airain jamais n'a lui d'étoile,
Elle n'a qu'une voix : c'est la voix du remord !
Et la seule clarté qui dans son air vacille,
C'est la rouge lueur de cette faux qui brille
Et fauche !... cette nuit ! c'est la nuit de la Mort !!...

La Saint-Jean.

Je vois, dans la campagne, ondoyer la fumée
  Des feux de la Saint-Jean,
La forêt tressaillir, sous la brise embaumée,
  A l'horizon changeant.

La nuit tombe et partout l'oiseau, sous la ramure,
  Chante la fin du jour,
Et l'insecte vermeil, en picorant, murmure,
  Dans son humble séjour.

L'herbe au flanc du coteau, revêt la teinte sombre,
  Où contrastent les fleurs ;
Les derniers feux du jour se mêlent avec l'ombre,
  La nuit répand ses pleurs.

Déjà, les jeunes gens ont commencé la ronde
  Et l'écho d'alentour
Répète leurs chansons ; — il semble que le monde
  Ne vit plus qu'à l'amour !

Que ne vois-je en ces lieux tous mes amis d'enfance,
       Leurs cœurs près de mon cœur ;
Mais un cruel Destin m'en a fait la défense,
       Le Destin est vainqueur !

Ah ! devrai-je toujours, errant et solitaire,
       Promenant mon ennui,
M'en aller chancelant et triste sur la terre
       Demain comme aujourd'hui !

Mais, je sens du bonheur la dévorante envie,
       Nul n'y peut résister ;
Chacun tourne vers lui ses regards et sa vie ;
       Il doit donc exister.

Quoi ! les plus doux espoirs, les plus nobles pensées
       Seraient illusions ?
Nos soupirs ne seraient que les voix insensées
       De folles passions ?

Non ! notre cœur, parfois, doit avoir quelque trêve
       Avec le noir Souci ;
Le mal n'est pas tout seul, l'amour n'est pas un rêve,
       Le bien existe aussi.

La fleur est sous nos yeux, que notre main se tende
    Et sache la cueillir;
La source n'est pas loin, que notre cœur attende,
    L'eau va bientôt jaillir!

    Partout la nuit, de sa grande aile,
    A couvert l'horizon changeant
    Et j'entends la voix solennelle
    D'un chœur qui chante la Saint-Jean.

A LIGUORI.

Autrefois, Liguori, sur la fleur de bruyère,
        Avec moi tu courais ;
Au milieu des baisers de l'amitié première,
        Avec moi tu rêvais ;

Et puis, nous reposant à l'ombre du Gros-Chêne,
        Tous les deux nous chantions ;
Les chants sont pour les cœurs une agréable chaîne,
        Chaîne que nous aimions ;

D'autres auprès de nous, venant chercher l'ombrage,
        Semblaient nous envier ;
Nos cœurs, à ces transports, par le plus doux langage,
        Aimaient les convier ;

Bientôt ces jeunes voix s'élevaient de la terre,
    Concerts dignes du Ciel;
L'amour pur les guidait et la tristesse amère
    N'y mêlait pas son fiel;

Et quand l'astre du jour, derrière la montagne,
    Allait cacher ses feux,
Les bras entrelacés, nous quittions la campagne ·
    Et nous étions heureux!

Et la cloche du soir sonnait notre arrivée,
    Avec la fin du jour;
Et cette heure, pour nous, était tout embaumée
    De parfums et d'amour!

. . . .
. . . .
. . . .
. . . .

    Mais le temps, de sa main rapide,
    A chassé bien loin ces beaux jours
    Et ce rayon pur et limpide,
    Soleil de nos chastes amours!

A son agréable lumière
Une nuit sombre et meurtrière
A succédé, dans ces bas lieux ;
Maintenant, si mon cœur palpite,
C'est la peur seul qui l'excite,
Quand l'orage éclate à ses yeux !

L'aquilon devenait zéphire,
Craignant de troubler nos concerts ;
Et tous les vents semblaient redire
Nos doux chants, sur leurs tons divers ;
Et maintenant, quand je sommeille,
Une voix chante à mon oreille ;
Mais ses chants sont des chants de mort ;
Mille, après elle, les répètent
Et les échos me les rejettent
Avec le plus lugubre accord !

Et lorsque cette nuit funeste
Fuit, emportant son rêve affreux,
Un jour sombre vient, et je reste,
Plus triste, en mon cœur malheureux ;
Je cherche les bois, les prairies,
Les vallons, les rives fleuries,

Pour cacher mon trouble aux mortels,
Et j'entends, près de moi, leur foule,
Comme un torrent maudit, qui roule,
Avec des sifflements cruels !

Qui me rendra ma matinée ?
Ses doux rayons, son ciel d'azur ?
Et la campagne fortunée,
Que charmait un amour si pur ?
N'y pourrai-je revoir encore
Les doux feux de la belle Aurore ?
Les chants de ses beaux habitants ?
Cet être, où vivait ma pensée ?
Cette âme près de moi passée,
Comme une rose du printemps ? !

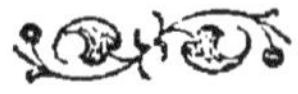

JE VOUS AIME, VALLONS.

Je vous aime, vallons, ravines enfoncées,
Et vous coteaux fleuris, vous croupes élancées
        Des monts audacieux ;
Vous bocages d'amour, vous aussi forêts sombres,
Vous ruisseaux, vous torrents ; vos clartés et vos ombres
        Me font rêver les cieux !

O vallon gracieux, dans ton riant bocage,
De tes jolis oiseaux j'aime le doux ramage,
        Je souris à leurs chants ;
Sur le coteau fleuri, beau sein de la campagne,
J'aime à voir le berger appeler sa compagne,
        Qui passe dans les champs ;

J'aime à te contempler, ô montagne hardie,
Surtout quand, de ta cîme, un aigle noir épie,

De ses voraces yeux,
Son innocente proie... et déjà se balance
Etend son aile brune et sur elle s'élance,
Comme un éclair des cieux ;

Au sein tumultueux des ravines profondes,
Où j'entends remuer comme un essain de mondes
Qui vont s'entrechoquant ;
J'aime entendre tomber, en colonnes plaintives,
Les eaux d'un torrent noir, des rocailleuses rives,
Au gouffre dévorant ;

Mais je me plais surtout chez toi, forêt sauvage,
Où rugit furieux, hurlant partout sa rage,
L'aveugle sanglier ;
Son poil roux se redresse en dards sur son échine,
Il remplit de terreur le bois qu'il déracine
De ses deux dents d'acier !

Et, des sommets touffus de tes antiques chênes,
L'aquilon furieux qui, libre de ses chaînes,
Tourbillonne en sifflant ;
Des nuages aux cieux les croupes entassées
Et du roi des forêts les branches fracassées
Et le gros tronc tremblant !

Vox Horrida.

Tous nous mourrons, c’est la loi de nature,
Tous nous irons où nos pères ont fui,
Car c’est assez pour chaque créature
Quand, à ses yeux, quelques soleils ont lui.

    — Oui ! quand l’heure fatale sonne,
    Au cadran de l’éternité,
    La Mort prend sa faux et moissonne,
    Comme l’herbe, l’humanité !

Tout ! vous, beaux rêves de l’enfance,
Amitié, ta douce espérance,
Tout devra s’éteindre en un jour ?
Seule la Mort victorieuse
Posera, reine glorieuse,
Ici son infernal séjour ?

— Oui ! quand l'heure fatale sonne,
Au cadran de l'éternité,
La Mort prend sa faux et moissonne,
Comme l'herbe, l'humanité !

O bel ange de mon jeune âge !
Je ne verrai plus ton visage,
Toi que j'aimais, enfant chéri !
Comme la plante desséchée,
Je verrai ta tige penchée,
Et tu mourras, ô Liguori !

— Oui ! quand l'heure fatale sonne,
Au cadran de l'éternité,
La Mort prend sa faux et moissonne,
Comme l'herbe, l'humanité !

Oh ! quand les cordes de ta lyre,
Sous ton vif et brillant délire,
En vibrant égayaient les champs,
Pensais-tu que cette voix douce,
Dans une mortelle secousse,
Charles, verrait finir ses chants ?

— Oui ! quand l’heure fatale sonne,
Au cadran de l’éternité,
La Mort prend sa faux et moissonne,
Comme l’herbe, l’humanité !

Et toi l’enfant au cœur si tendre,
Toi surtout que j’aimais entendre,
O petit enfant Gabriel,
Tu vas périr, la faux fatale
Est là !.. ton beau visage.. pâle
Sèchera sous le feu du Ciel !

— Oui ! quand l’heure fatale sonne,
Au cadran de l’éternité,
La Mort prend sa faux et moissonne,
Comme l’herbe, l’humanité !

Toi qui vers ta douce patrie,
Léandre, à chaque jour t’écrie,
Qui croyais revoir ton foyer,
Ton âme hier fut remuée
D’un feu divin, mais la nuée,
Qui vient là-bas, va la noyer

— Oui ! quand l'heure fatale sonne,
Au cadran de l'éternité,
La Mort prend sa faux et moissonne,
Comme l'herbe, l'humanité !

Dans ta demeure sépulcrale,
O Mort ! garde ton affreux râle !
Ne le laisse pas nous troubler !
Non !.. il faut qu'au loin tout s'effraie !
L'épi doré, comme l'ivraie,
Tout devant sa faux doit trembler !

— Déjà l'heure fatale sonne
Au cadran de l'éternité,
La Mort prend sa faux et moissonne,
Comme l'herbe, l'humanité !

TRISTESSE.

Sous un ciel radieux, le jour m'apparaissait,
  Bien loin de la triste souffrance,
  Et mon cœur s'épanouissait,
  Aux doux rayons de l'Espérance ;

Mon âme, ouverte encore aux rêves de bonheur,
  A l'aurore de ma journée,
  Espérait qu'au moins la douleur
  Epargnerait la matinée !

Messager de malheur, un vent s'est élevé
  Du fond de quelque affreuse plage ;
  J'ai vu mon espoir enlevé
  Et l'avenir voilé d'un noir nuage !

Et, pour marcher là-bas, je cherchais un appui ;
  Aucun ne s'offrit à ma vue,
  Et, plein de tristesse et d'ennui,
  En chancelant, j'avançai sous la nue
  Qui m'accable aujourd'hui !

Le dernier Vœu.

Oui, dans la solitude,
Loin de la servitude
Des vains rois d'ici-bas,
Dans mon sentier facile,
A la raison docile,
J'irai mon petit pas !

Loin des bruits de la terre,
Je vivrai solitaire,
Au milieu de mes champs ;
De l'aimable Nature,
Ecoutant la voix pure,
J'y mêlerai mes chants.

Car, mon âme inquiète
Dit qu'il faut au poëte
L'air de la liberté,
Des images rieuses,
Des voix mélodieuses,
Et des rayons d'été.

Que m'importe la gloire ?
Je laisse à la mémoire
Deux ou trois petits vers ;
Mon corps sera poussière
Et mon âme, en prière,
Fuira cet univers !

Dégagé de la fange,
J'irai visiter l'ange,
Aux pieds du Créateur,
Dans le saint Tabernacle,
J'écouterai l'Oracle
Et j'aurai le bonheur !!

Je suis un sot

Une petite fille,
A l'agréable teint,
A la mine gentille
Et, plus encore, à l'air mutin,
De moi, près d'elle,
Veut, en deux traits,
Le plus fidèle
Des portraits.

Mais l'égrillarde
Ne veut point
Que je me farde :
« Pour premier point,
(L'aimable tourterelle !)
« Tu mettras, me dit-elle,
« Ce petit mot :
« Je suis un sot.

Je suis un sot ! oui, ma mignonne,
  Pour un portrait
  C'est un début parfait
Et même une fin assez bonne !
Mais c'est te mettre en un bien mauvais pas !
Je crains fort qu'avant peu la méchante voisine
  N'aille insulter à ma cousine ;
Et, pris entre ses murs, cousin ne pourrait pas
  Régler les pas
  De la malignité

  . . . . . .

 . . . .

 . . . .

Tiens ! je la vois déjà, le cœur plein de colère,
  Et je l'entends : — « Ma chère,
  Dit-elle avec dédain,
 « La parenté ne se perd pas soudain,
  « L'esprit vous trotte,
  « Tout comme au cher cousin,
 « Et, que je crois, vous êtes aussi sotte
  « Un petit brin !

  . . . .

Hyacinthe, ma fleur chérie,

Doux sujet de mes chants,

Toi qui peux tout sur le cœur de Marie,

Ah ! je t'en prie,

Règle ses caprices méchants ;

Aimable oiseau qui, sur les branches,

Vers l'objet de ton amour,

Te penches

Et, tour à tour,

De ton ramage,

Fais résonner ce bocage,

Cède à mes vœux.

Prends, belle fleur, l'air le plus gracieux,

Oiseau, ton chant le plus mélodieux,

Volez près d'elle

Et faites tant, par votre attrait,

Qu'elle retranche du portrait

Cet affreux mot

De sot !

Lettre et Compliment a ma Cousine

Quoi qu'on en dise, mettre
Une lettre
En vers,
Sans travers,
N'est pas chose facile :
Et je le donne en mille
A tel se targuant que les cœurs
Des neufs Sœurs,
Sensibles aux prières
Premières,
Donnent bientôt accents harmonieux
Qui portent vers les cieux.

Pour moi, plus je conjure,
Plus, sous les coups de la torture,
Je mets ma verve et mon petit talent,
Plus, je le crois, leur président,

Les gardant toutes enchaînées,
Retient le feu dont mes pensées
Enflammées
Donneraient l'ornement
A quelqu'aimable compliment

Pauvre Guy ! fouille en ta cervelle
Et, pour elle,
Gratte au fond de ton sac,
Creuse ta tabatière
Et, d'une prise de tabac,
Sors la lumière
Tout entière !

. . . . . .

Effort vain !
Ma cervelle est muette,
Mon sac ne tient plus rien et du tabac divin
Je n'ai pas une miette !

Or ça ! je crois que le démon
Avec toute sa garnison
S'arme pour troubler ma raison !

. . . .

Cependant quoi qu'arrive
Il faut bien que j'écrive !

D'un petit compliment flatteur
Je connais le charme enchanteur;
Cependant, sans que l'on badine,
On peut bien dire à ma cousine
Qu'elle n'en aura pas de moi,
Pourquoi?
Que la chose soit difficile,
D'aucuns diraient que non:
Mais qu'en ça je ne sois habile
Cré non!:
Fourmie,
D'économie;
Vénus, pour la beauté;
Minerve, de sagesse
Et seconde Lucrèce,
Au point d'honnêteté!
Mais, babillard, me dira-t-elle,
Qu'elle est donc ta raison?
Ta lettre eût bien mieux fait de garder la maison!
Tout doux! tout doux! la belle,
Patience un moment;
Et parbleu! ma raison est toute naturelle:
C'est que tout compliment
Serait cent pieds au-dessous d'elle!

Frédéric ou la Fausse Amitié

PORTRAIT

Amis, sur la terre, où nous sommes,
Il faut que les trois quarts des hommes
Soient la dupe de l'autre quart ;
Toujours seront blousés loups et boucs par renard.

Dans certain lieu de notre belle France
Etait jadis une maison
Qu'habitaient, en toute saison,
Enfants et jeunes gens aux cœurs pleins d'espérance.

Pour elle enfance en avait cent,
Jeunesse un chiffre dépassant ;
Enfance était toujours joyeuse,
Jeunesse quelquefois était trop soucieuse !

Enfin, bref..... là-dessus
Nul n'en désire plus ;

Passons à notre histoire ;
J'en fus témoin, lecteur daigne la croire.

Parmi tous ces jeunes enfants,
Un surtout arrêtait la vue :
Beau visage, teint frais, les yeux assez brillants,
Fine taille!... c'était à donner la berlue!...

Mais, sous la rose, bien souvent,
On trouve l'épine effilée,
Plus d'une fois, sous la verte feuillée,
Se cache un meurtrier serpent !

L'enfant avait fort beau langage
Était d'esprit très bien doté ;
Cœur n'en valait pas davantage ;
Aussi plus d'un fut attrapé
Par notre petite beauté.

Frédéric le premier sentit les traits d'amour
Percer son cœur et pénétrer son âme ;
Nul moyen d'éteindre la flamme,
Il fallut brûler nuit et jour.

Fou de l'enfant, il veut s'en faire aimer ;
Partant, nuit et jour, il épèle
Cinq cents billets
Bien travaillés,
Qu'autrefois son grand oncle avait faits à sa belle ;
Et, pour lors, de lui débiter ;

« Doux archange !
« Bel enfant !
« Petit ange,
« Si charmant !
« Chérubin ! ma tendresse !
« O mon cœur !
« Séraphin ! mon ivresse !
« Mon bonheur !!
« Aimable tourterelle
« Mon amour !!

Enfin, il n'est doux nom qu'à son aide il n'appelle
Tour à tour.

. . . . .

Et le rusé petit lutin
A l'assurer de sa tendresse,
Il rêvait à lui le matin,
Le soir, le jour, la nuit, sans cesse :

« Cher Frédéric, je t'aimais en silence,
 « Dit-il, mais je n'osais parler,
« Va! tu n'as pas besoin d'implorer ma constance,
 « Toujours je veux t'aimer! »

 Alors, roulent petits cadeaux,
Comme deux cœurs d'argent qu'un lien d'or pur enchaîne
 Une autre fois petits gâteaux;
Mais, richesse s'épuise, alors voici la peine.

 De Frédéric la bourse étant curée,
 Constance ne fut pas de bien longue durée;
L'enfant ne montre plus un aussi doux regard,
 Il cherche fortune autre part;
Et Frédéric jura, tout rempli de tristesse
  De se voir rebuté,
Qu'il ne chercherait plus une amitié traîtresse
  Auprès de la beauté.

FABLE

ℒES ℭHIENS & LES ℭHATS

Du temps que tout,
Partout,
Était en République
Démocratique;
Que, selon son désir,
Chacun était libre
D'agir;
Qu'à tout propos
On ne vous parlait pas d'impôts,
Ni d'équilibre;
Que tout était à tous et l'argent et les biens,
Chez les peuples à quatre pattes :...

. . . .

. . . .

Un jour Stentor, le père aux chiens,
A Frisette, la mère aux chattes,

Disait :... « Miss, c'est horreur !

« Ma chère,

« Que la fureur

« De notre guerre!

« Quoi! chaque jour,

« Entour,

« Plus de cent pattes,

« Tant du peuple des chiens que de celui des chattes,

« Et des plus beaux,

« Restent sur les carreaux !

« Ah! croyez-moi, ma Mie !

« Ne nous soyez plus ennemie!

« Vivons en paix !

. . . .

Alors, la belle :

« Vivons en paix! oh ! la bonne nouvelle!

« Dit-elle,

« Et que jamais

« Elle ne soit troublée !

« Venez, Tridi, c'est Assemblée

« De nos représentants; faites venir les vôtres,

« Et là, dans un festin,

« Comme il n'en fut pas d'autres,

« Nous chanterons l'heureux destin !

. . . .

. . . .

Et le hérault des chats,
        Par cent sabbats,
D'en crier partout la nouvelle.
        Mais notre belle,
        En tapinois,
De dépêcher un chat matois,
Pour un tout autre message.
Et sitôt courrier de partir,
        Sans tapage,
Et de courir, et de courir...

. . . .

Il vous trouve la gent chatonne
        Qui braille et tonne,
        Assise en un banquet
Devant reste d'un chien croqué.
« Amis ! n'est pas temps qu'on s'amuse !
Voici moment de belle ruse,
        Dit-il,
   « Frisette, notre mère,
     « Au cœur gentil,
« A vu Stentor, fatigué de la guerre,
    « Lui demander la paix;

« Fine! elle a répondu que c'était bonne affaire;
« Mais,
« Pour mieux faire,
« Me députe vers vous
« Convier tous
« Au plus fameux des coups
« Qu'ait jamais vu la terre :
« Là bas,
« Au milieu d'un repas,
« Quand chiens représentants paraîtront en goguette,
« Frisette,
« Par un signal,
« Annoncera le bal ;
« Et le carnage,
« Par votre rage,
« Allant son train ;
« Quand des plus forts on aura fait le compte,
« Je compte
« Que des petits on aura bonne fin !

. . . .

Miaho! miaho! dans la minute,
Le plan est adopté
Et chacun se culbute
Et saute et trotte après le député.

. . . .

En moins d'une nuitée,
De monts en vaux,
Par les margauds,
La route est terminée.
C'était deux tours de sol après
Que chiens et chats devaient se trouver prêts
Pour la ripaille:
Ainsi que dit fut fait
Par la canaille.

. . . . . .

. . . . . .

Les chiens représentants, dans un ordre parfait,
Viennent à point nommé, tandis que braille
Et fait sabbat
Le peuple chat,
Qui, sous cris de réjouissance,
Cache et sa ruse et la peur,
Que des mâtins la belle contenance
Leur met au cœur
D'avance.
Bientôt, sur tapis vert,
Se montre le couvert;
Devant repas fort délectable,

Pour chiens et chats,
Chacun se met à table.

. . . .

Et d'abord ce sont trois cents rats,
Des plus dodus de la contrée,
C'est l'affaire d'une lappée;
Puis paraissent deux cents lapins,
Dont les gredins
Ne font qu'une bouchée;
Cent lièvres, par les chiens portés,
Après sont présentés;
Enfin, pour cette fête,
Chaque petit peuple de bête
Avait fourni son contingent
Obligeant.
Aussi n'y manquait-il à boire.
Le sang coulant au gré de leur désir,
Les chiens s'enivraient à plaisir.
Mais quand de ses hauts faits chacun se faisait gloire
Et chantait,
Les chiens paraissant gris, c'est l'heure convenue :
Frisette éternue
Bis;
Soudain chaque margaud saisit son chien, l'aveugle,

Comme il eût fait d'une souris,
C'était l'avis !
Dans ce chœur, où tout beugle,
Les chiens, à moitié gris,
Ne savent bien à qui s'en prendre ;
Mais bientôt par les cris
Avertis,
Les voici de se défendre
Et ce fort bravement
Mais ô malheur ! aveuglément !
Plein succès fut à la rouerie !
Rodilardus saute à Stentor,
L'aveugle et l'étend mort !
Ses frères partagent son sort !
C'était une affreuse tuerie !

. . . .

. . . .

Un seul, à la faveur du bruit
Et de la nuit,
Put lors sauver sa vie.
Quoique le plus heureux,
Las ! le pauvre laissait la moitié de ses yeux
Et de son sang plus d'une pinte.
Mais l'animal,

Malgré son mal,
De la bataille avait sauvé ses pattes
Et loin des chattes
Il se pouvait enfuir.
Sans tambour ni trompette,
Il battit en retraite,
Dès que le jour vînt à finir.

.   .   .   .

.   .   .   .

Après route de peine,
Ce qu'on laisse à penser,
Le pauvre chien se traîne,
Et finit bien par arriver
A son domaine.
Il voit tous ses enfants
Ceux de ses frères et leurs mères
Venir à ses devants,
Croyant à fin de guerres,
« Ah ! mes pauvres enfants !
« Troupe joyeuse !
Dit-il,
« Ah ! prenez mine soucieuse !
« Grand meschef est venu de l'animal subtil :
« Là-bas, dans l'assemblée,

« Tous nos bons frères ont péri ;
 « Je reviens seul ici,
« Encor suis-je partout meurtri !
  « Ah ! laissons la vallée
   Et les bois
  « A ces cruels matois !
 « Passons à l'autre rive,
« Si vous voulez que plus grand mal n'arrive !
 « Hélas ! cent ans pourront-ils rétablir
  « La force qui vient de périr ?
« Dans les méchants, ô fiance frivole !
  « Ah ! mes pauvres enfants,
« Nos pères, autrefois, disaient bonne parole :
  « Avec traître ennemi
  « Ne sois jamais uni !
 « La paix avec gent cauteleuse
 « Est mille fois plus dangereuse
  « Que guerre sans merci !

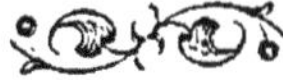

A Marguerite

Quelle est cette forme angélique,
Qui m'approche et puis disparaît;
Quelle est cette beauté pudique,
Qui me fait trembler et me plaît?

Elle peut, d'un même sourire,
Ramener, dans mon cœur dompté,
A la place du fou délire,
La plus pure sérénité!

Quand j'aperçois son doux visage,
Astre dont je suis enchanté,
Je crois y voir la pure image
D'une aimable divinité.

O vous, artistes émérites
Qui voulez créer la beauté,
Voyez-là, contemplez et dites
Si son éloge est mérité.

Viens, Raphaël, viens toi le maître,
Viens admirer l'œuvre de Dieu,
Et dis si tu peux en connaître
Une plus belle et dans quel lieu.

Et toi, Greuze, toi qui sus peindre
Avec des traits délicieux,
Dis-nous, saurais-tu même feindre
Un seul regard de ces beaux yeux !

Et cependant, ta Marguerite
Ravit, Raphaël Garucci,
Et l'on admire ta petite,
Greuze, c'est un chef-d'œuvre aussi.

Mais la nature est plus puissante
Que les plus habiles humains,
Et, quand elle y met les deux mains,
Combien son œuvre est ravissante !

Oui c'est la reine de mon cœur !
Elle aura toute ma tendresse !
Un seul mot d'elle, une caresse,
Cela suffit à mon bonheur !

Laissez flotter à l'aventure,
Marguerite, vos blonds cheveux
Et que votre bouche murmure
Des mots qui me rendront heureux.

Que vos beaux traits s'épanouissent,
Acceptez mes vœux les plus doux,
Et que nos cœurs se réjouissent,
Belle Marguerite, aimons-nous !

Toute belle, laissez-moi vivre
De votre espoir, de votre amour !
Et que mon pauvre cœur s'enivre
De vos doux charmes nuit et jour !

Calmez l'angoisse de mon cœur,
Dans une agréable réponse,
Et que le mot de mon bonheur
Un baiser de vous me l'annonce !

A Marguerite

Quels vains transports, quel fou délire
S'emparent de mon pauvre cœur?
Quelle main fait rendre à ma lyre
Les sons tristes de la douleur?

Autrefois, riant et volage,
J'entonnais des refrains joyeux;
Mais, j'ai vu ce charmant visage
Et j'ai des larmes dans les yeux!

Pourquoi viens-tu troubler mon âme,
Ingrate amante, réponds-moi?
Pourquoi? réponds, cruelle femme!
Quel gage aurai-je de ta foi?

N'ai-je pas prouvé ma tendresse
Par les entretiens les plus doux?
Ne t'ai-je pas redit sans cesse:
Belle Marguerite, aimons-nous?

Mais, n'écoutant que ton caprice
Et dédaignant mon émotion,

Tu te ris de l'affreux supplice
Où me jette ma passion.

Je t'aime hélas, ma souveraine,
Je te l'ai déjà dit cent fois !
Je t'adore, beauté, ma reine !
Dis-moi, n'entends-tu pas ma voix ?

Viens près de moi, beauté fatale,
Viens y contempler à plaisir
Mes yeux en pleurs et mon front pâle ;
C'est peut-être ton seul désir !

Viens, Marguerite, viens écoute
Les sourds battements de mon cœur.
Viens, prête l'oreille et doute,
Si tu le peux, de ma douleur !

Mon âme est en pleine détresse !
Mon cœur d'amour est oppressé !
Des doux accents de ma tendresse
Dis, le tien n'est-il pas lassé ?

Quelle main me dirige encore ?
C'est toi, Malheur, qui me poursuis ?
Un feu rapide me dévore,
Et je ne sais plus où je suis !

Je le sens, ma raison s'égare,
Hélas ! mon cœur est éperdu !
Le désespoir de moi s'empare ;
Sans elle, seul, je suis perdu !

Amis, est-ce que je sommeille ?
Suis-je avec vous, dites-le moi ?
Quelle voix crie à mon oreille :
« Marguerite n'est pas à toi ! »

Oh ! non ! dites, ce n'est qu'un rêve,
Un rêve, mais un rêve affreux !
N'aurai-je donc ni paix ni trêve ?
O ciel ! que je suis malheureux !

Je suis au sein de la tempête !
Dieu ! dans quel trouble sont mes sens !
J'entends une voix qui répète,
Là-bas, de lugubres accents !...

Mais non ! non ! c'est une voix douce,
Elle passe à travers les bois
Et glisse, en riant, sur la mousse,
Marguerite ! oui ! c'est ta voix !

Elle résonne à mon oreille,
Avec des sons harmonieux,
Ainsi que la voix sans pareille
D'un aimable habitant des cieux !

. . . .

. . . .

C'est elle que je veux entendre,
Elle a les accents les plus doux :
O mon Guy ! va ! c'est trop attendre !
Dès longtemps, j'ai su te comprendre.
O mon Guy, je t'aime, aimons-nous !

Viens près de moi, viens, ma déesse !
Viens à l'appel de ton amant !
Viens ! que, sur mon cœur, je te presse !
Que je t'embrasse tendrement !

Viens ! sur mon cœur, prendre une place
Digne de tes charmants appas !
Viens ! qu'un même amour nous enlace !
Marguerite ! viens dans mes bras !

FIN